DATE DUE

¡Los fuertes a los débiles más fuerza pueden dar, cuando el viento sopla por detrás!

Esta historia, escrita por Esko-Pekka Tiitinen e ilustrada por Nikolai Tiitinen, es un cuento tierno y alegre sobre la importancia de la solidaridad. *Gotas de vida* es también una conocida obra de teatro infantil, que ya ha sido representada en más de ochenta países. Escrita igualmente por Esko-Pekka Tiitinen, la obra de teatro apoya la campaña de protección de la naturaleza de la escuela online ENO (Environment Online), durante la cual los escolares han plantado millones de árboles en todo el mundo.

Gotas de vida

© 2010 del texto: Esko-Pekka Tiitinen
© 2010 de las ilustraciones: Nikolai Tiitinen
© 2011 Cuento de Luz SL
Calle Claveles 10 | Urb Monteclaro | Pozuelo de Alarcón | 28223 Madrid | España | www.cuentodeluz.com
Título original: Kyyhkyn kysymys
Traducción de Emma Claret Pyrhönen
Publicado en español con el acuerdo de Tammi Publishers y Elina Ahlbäck Literary Agency, Helsinki, Finlandia
La traducción de esta obra se hizo posible gracias al apoyo de FILI – Finnish Literature Exchange

ISBN: 978-84-15241-30-0

Impreso en China por Shanghai Chenxi Printing Co., Ltd. julio 2011, tirada número 1216-02

FSC
www.fsc.org
MIXTO
Papel procedente de
fuentes responsable
FSC® C007923

ESKO-PEKKA TIITINEN · NIKOLAI TIITINEN

Gotas de vida

CUENTO
DE LUZ

La ciudad había crecido mucho, pero aun así un viejo búho continuaba allí, en lo alto de la torre del ayuntamiento. Recordaba su juventud, cuando sus amigos todavía vagaban por los prados y él conseguía asustarlos con su vuelo en picado.

–¡Qué tiempos aquellos!¡ Cómo nos divertíamos! –suspiró el búho–. Entonces uno extendía las alas y la vida era una gran celebración. –Uuuh, ¿todavía queda alguien ahí abajo?

De repente, en ese momento chocó contra el costado del búho un pequeño pájaro que cantó consternado:

– Por favor ayúdame, búho bondadoso y sabio. Muéstrame el camino que lleva hasta África, tengo que regresar allí inmediatamente.

–¿Bondadoso? ¿Sabio? –El búho saboreó las palabras de la paloma.

–Veamos, bondadoso es quien ayuda –dijo la paloma– y sabio es quien entiende cuando hay un problema. Una tormenta de arena me ha lanzado hasta aquí y ahora quiero regresar a casa.

–¿Cómo podría ayudarte si lo único que veo claro son mis recuerdos? –preguntó el búho–. Mis alas ya son pesadas, no tengo fuerzas ni para moverlas.

–Estás cubierto de arena –observó la paloma–. Te limpiaré.

–Gracias –dijo el búho–. Ya que tú me ayudas, yo te ayudaré a ti. Es tan sencillo como eso.

–Así es –dijo la paloma–. Somos sabios y sencillos.

La paloma pasó toda la noche limpiando al búho. Al amanecer, el búho enderezó y suspiró feliz:

–Qué sueño tan bonito he tenido, un ángel revoloteaba por encima de mi cabeza mientras me contaba un bonito cuento.

–Era yo –gorjeó alegremente la paloma–. Venga, intenta mover ahora tus alas.

El búho las extendió y aleteó.

–Gracias pequeña, por limpiarme el plumaje –exclamó–. Me siento ligero como una pluma. Ahora estamos listos para empezar a buscar tu casa.

El búho y la paloma volaron sobre los tejados de la ciudad, sobre pueblos, sobre valles y montañas. Pero cuando por debajo de ellos se abrió un enorme océano, el viejo búho empezó a sentirse cansado.

–Tu casa está demasiado lejos. Tenemos que descansar –dijo angustiado el búho.

La paloma se asustó. Abajo solo había mar abierto. No aparecía ni siquiera un solo barco a la vista.

–Tienes que continuar –animó la paloma a su amigo.

–Ya no puedo seguir –dijo el búho y extendió sus alas para preparar su último vuelo.

Entonces la paloma recordó una canción que había aprendido de su hermana y la cantó con toda la fuerza de su corazón:

Si necesitas ayuda, siempre la puedes pedir,
con ayuda aligerar tus alas puedes conseguir,
los fuertes pueden llevar a los débiles hasta la orilla del mar,
los fuertes a los débiles más fuerza pueden dar cuando el viento sopla por detrás,
cuando el viento es favorable.

En ese momento se produjo un burbujeo en el mar. De la nada, bajo el búho y la paloma apareció una enorme isla oscura, y rápidamente las aves aterrizaron en ella. Poco después, la isla se elevó aún más, abrió su enorme boca y dijo:

–He oído vuestra canción en la profundidad del mar y he salido inmediatamente a la superficie.

El búho y la paloma se dieron cuenta de que la isla era en realidad una ballena.

–Nos has salvado –dijo agradecido el búho–. Ya me veía allá abajo entre los peces. Nos dirigimos a África.

–Yo también voy hacia allí para ayudar a mis hermanas.

–¿Qué les sucede? –preguntó el búho.

–Todavía no lo sé, tienen algo que decir a los humanos –dijo la ballena–. Quién sabe, quizá sea un ser humano el que necesite ayuda.

Cuando la paloma, el búho y la ballena llegaron a la costa de África la mañana siguiente, se encontraron con algo extraño. Cuatro hermanas de la ballena yacían, agotadas y sedientas, en la arena de la playa.

–¡Salid de ahí inmediatamente! –gritó la ballena–. ¡Solo podéis vivir en el agua!

–Ya no tenemos fuerzas para movernos –sollozó la hermana más pequeña–. Queríamos decir a los humanos que el mar también nos pertenece, ¡que también existimos!

–¡Los fuertes a los débiles más fuerza pueden dar, cuando el viento sopla por detrás! –cantó la paloma.

–Ahora tenemos que actuar rápido –le dijo el búho a la ballena –¡Echa agua, sacude tu cola!

La ballena no perdió el tiempo. Rápidamente levantó unas grandes olas alrededor de sus hermanas. Durante todo el día salpicó agua hasta la arena de la playa. Al anochecer, por fin, las ballenas pudieron regresar al mar.

–No salgáis nunca más a tierra –dijo la ballena–. Tenemos que encontrar otra forma para que los humanos nos entiendan.

–Tienes toda la razón –dijo el búho –. Quedaos en el agua, algun día se os necesitará.

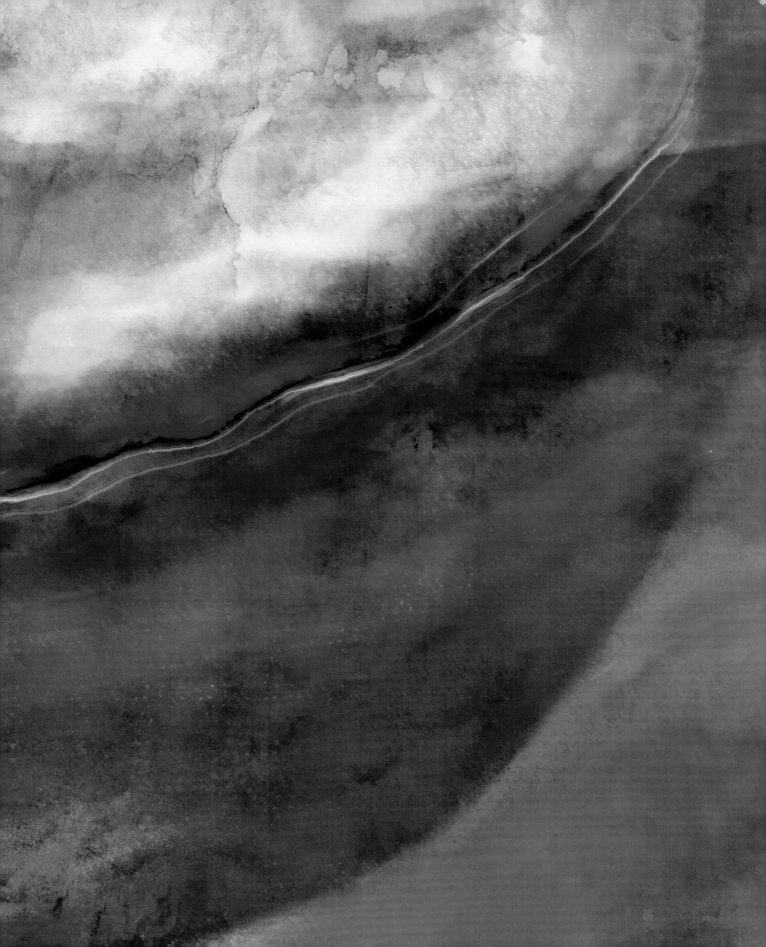

El búho y la paloma volaron hacia el interior atravesando una tormenta de arena, hasta donde se encontraba el árbol en el que había nacido la paloma. Pero el lugar se había convertido en un enorme desierto.

–Esto era antes un frondoso bosque –suspiró tristemente la paloma. Voló entonces hacia el cielo y se puso a cantar:

–¡Soy un pequeño pájaro y quiero disfrutar de la naturaleza en paz!

Las palabras de la paloma hicieron sonreír al búho.

–Querer es poder –dijo el búho–. Yo quiero lo mismo.

Todo se quedó muy tranquilo, hubo un momento de paz hasta que de repente llegó una pequeña ráfaga de viento que dijo:

–No es culpa mía que la arena venga conmigo. También hago muchas cosas buenas: refresco cuando hace calor, proporciono viento a las velas de los barcos, no soy un viento adverso.

–¡Pero los desiertos! ¡Recuerda los desiertos! –dijo el búho tosiendo.

–Claro que me acuerdo –dijo el viento–. ¿Pero qué podemos hacer?

–Tenemos que plantar árboles –se le ocurrió a la paloma–. ¿Pero dónde podemos conseguir semillas? Aquí no hay ni una sola piña de pino.

–Estoy a punto de ir a dar una vuelta al mundo, puedo llevar el mensaje –dijo el viento–. ¡Seré un torbellino de verdad!

El viento juntó los deseos del búho y de la paloma en su enorme regazo, dio vueltas y vueltas e inició su viaje. A la velocidad de un huracán llevó el mensaje a todos los continentes, recorriendo montañas y océanos. A todos lo lugares a los que llegaba, repartía un soplo de buena voluntad por todas partes. En América el viento susurró el mensaje al oído de un puma, en China se lo dio a un oso panda, en Australia a un koala, y en África a un gorila.

Los fuertes a los débiles más fuerza pueden dar,
cuando el viento sopla por detrás.

Y los animales se entusiasmaron tanto con el mensaje, que decidieron emprender el viaje enseguida.

–Yo llevaré la semilla de un olmo –reflexionó el puma.

–Yo entregaré de regalo la semilla de un eucalipto –pensó el koala.

–Yo aportaré la semilla de un obeche, no hay mejor regalo que un obeche –consideró el gorila.

–Yo llevaré la semilla de un abeto –decidió el panda–. El abeto es un árbol muy festivo.

El koala decidió cruzar el mar en una balsa. Tumbado sobre los troncos de madera, remaba con sus patas, pero no tuvo fuerzas para luchar contra las grandes olas. Cabizbajo, el pequeño koala regresó a su isla.

El valiente puma también lo intentó y se zambulló en el agua, pero después de nadar un rato vio claro que no conseguiría llegar a África de ninguna manera.

El panda salió caminando, pero a duras penas fue capaz de llegar hasta la orilla del mar, momento en el que su grueso pelaje humedecía del calor. Desconsolado, se quedó mirando fijamente cómo el sol se ponía detrás del mar.

El gorila decidió hacer autoestop. Cinco días estuvo con el dedo pulgar alzado, pero nadie le recogió.

Pasó un mes y luego otro. El búho y la paloma comenzaron a preocuparse.

–No viene nadie –dijo el búho.

–Nadie escuchó nuestra petición –dijo disgustada la paloma.

–Pues he contado vuestro deseo a todo el mundo –dijo el viento–. Pero el viaje es largo y no puedo hacer volar a todos hasta aquí.

Entonces desde el mar resonó la poderosa canción de las ballenas:

Los fuertes a los débiles más fuerza pueden dar,
cuando el viento sopla por detrás.

–Iremos a buscar a nuestros amigos y los traeremos aquí –dijo la ballena más grande.
–La ballena es el mejor barco –balbuceó la más pequeña.

Inmediatamente, cinco lomos negros nadaban a toda velocidad entre las olas, lejos hacia el horizonte. Una semana después el grupo ya estaba de regreso. El panda, el puma, el koala y el gorila iban de pie como velas majestuosas sobre las espaldas de las ballenas, y al llegar a la orilla empezaron a caminar por las montañas hacia el desierto. Cansadas pero felices, las ballenas se quedaron a reposar en la bruma matinal después de su gran esfuerzo.

Cuando llegaron a su destino, los animales se pusieron inmediatamente manos a la obra.

Todos juntos cavaron un gran hoyo y plantaron las semillas dentro. Luego cantaron al unísono una canción que les había enseñado la paloma y se quedaron a esperar que crecieran los árboles.

Tenemos un deseo común,
que la protección de los grandes bosques
y el abrazo cálido de la naturaleza
sean la fuente de nuestra dicha.

Le tocaba al sol ahora responsabilizarse. Escuchó la canción de los amigos y dijo:

–Yo puedo dar calor, claro que sí, pero un árbol no puede crecer sin agua.

–¿Dónde podríamos conseguirla? –preguntó preocupada la paloma.

–Aquí nunca llueve.

–¿Tenemos que llorar para regar el árbol? ¡Nuestras lágrimas no serán suficientes!

Sin embargo los animales lloraron hasta el anochecer, hasta que se quedaron dormidos totalmente exhaustos. Por la mañana se despertaron con los primeros rayos de sol. Súbitamente, se abrazaron asustados: un pequeño bípedo se les aproximaba a través del desierto.

El niño llegó hasta los animales, sonrió y dijo:

–He escuchado vuestros llantos y he venido a ayudaros. ¿Quién tiene sed?

Todos asintieron. El niño sacó de su mochila una vasija de barro.

–En nuestro pueblo construyeron un pozo ya hace tiempo, he traído esta agua de allí. ¡Tomad!

Los animales bebieron agua y recobraron las fuerzas. Por turnos, cada uno pudo regar también las semillas.

–¡Un poco de agua para seres de cualquier medida, para celebrar una nueva vida! –El koala estaba hecho un poeta–. Nosotros protegemos el agua.

–Nosotros protegemos el aire –dijo el panda.

–Nosotros protegemos las plantas –añadió el puma.

–Nosotros protegemos a los animales –susurró el gorila.

–Nosotras protegemos el mar –cantaron las ballenas a lo lejos.

–Estas son gotas de vida también para los humanos –dijo el niño.

Entonces, en ese preciso instante, una plantita asomó la cabeza de la arena, les miró a todos y dijo con alegría:

–¡Buenos días!

–¡Muchas felicidades, pequeña! –cantaron con entusiasmo la paloma y el búho–. Acabas de nacer, ¡que cumplas muchos años!

Gotas de vida es también una reconocida obra de teatro infantil y ha sido representada en más de 80 países. La obra, también escrita por Esko-Pekka Tiitinen, apoya la campaña ambiental de la escuela virtual Environment Online – ENO (Medio Ambiente en Línea). Durante la campaña, escolares han plantado millones de árboles en todo el mundo

Environment Online – ENO (Medio Ambiente en Línea) es una escuela virtual y red global para el desarrollo sostenible. Las escuelas alrededor del mundo exploran los mismos temas ambientales y comparten los conocimientos adquiridos con sus comunidades locales y mundiales a través de la web. Los temas abarcan, por ejemplo, los bosques, el agua, la biodiversidad, el cambio climático, el impacto ambiental y los problemas culturales. El material y los cursos estructurados para cada uno de los temas están disponibles en inglés en el sitio web de ENO. La edad de los alumnos varía de 10 a 18 años.

La plantación de árboles ha sido una de las más populares actividades desde 2004. Desde los inicios de este programa hasta la fecha, alrededor de 10.000 escuelas en 152 países han plantado árboles. Esta campaña de plantación de árboles a largo plazo finalizará en 2017, cuando Finlandia festejará su centenario. El objetivo de las escuelas ENO es plantar 100 millones de árboles, de los cuales 6 millones ya han sido plantados hasta mayo del 2011.

El cambio climático ha sido un tema recurrente en el programa ENO desde su comienzo en 2002. Este tema ha sido estudiado a través de diferentes clases de actividades. Los alumnos han escrito artículos sobre el impacto del cambio climático en sus países y han presentado entrevistas radiales y realizado obras de teatro disponibles en videos a través de la web. También desfilaron durante las semanas dedicadas a campañas ENO.

ENO fue fundada en el año 2000 y es coordinada por la Asociación Programa ENO con sede en Joensuu, Finlandia. ENO tiene numerosas organizaciones y redes asociadas, entre ellas el Programa de Naciones Unidas para el Medio Ambiente y la Universidad de Finlandia Oriental. Ha ganado 15 premios y reconocimientos nacionales e internacionales, entre los cuales se destacan los listados abajo:

- Proyecto Rector Europeo para NetDays, 2000, Comisión Europea, París, Francia
- Tercer premio en EcoG@llery Europa, 2000, Barcelona, España
- Tercer puesto en Premios Childnet, 2001, Washington, D.C., Estados Unidos
- Finalista en los Premios Desafío de Estocolmo, 2002 y 2004, Estocolmo, Suecia
- Finalista en los Premios Desafío Global Junior, 2002 y 2004, Roma, Italia
- Premio Cyber Oscar, Cumbre Mundial de las Naciones Unidas sobre la Sociedad de la Información, 2003, Ginebra, Suiza
- Premio Panda del Fondo Mundial para la Naturaleza, 2004, Finlandia
- Finalista con una mención especial en los Premios Desafío de Estocolmo, 2006, Estocolmo, Suecia
- Ganador del Premio Desafío Global Junior, 2007, Roma, Italia
- Premios "Energy Globe", 2009, Praga, República Checa
- Logro Forestal del Año, 2009, Helsinki, Finlandia
- Estatus oficial otorgado por el Ministerio de Educación, 2010, Israel

Sitio web del programa ENO: www.enoprogramme.org
El Día ENO de Plantación de Árboles: www.enotreeday.net